Datos divertidos de Colibrí

Serie "Datos divertidos sobre las aves para los niños"

Escrito por Michelle Hawkins

Datos divertidos de Colibrí

Serie "Datos divertidos sobre los pájaros para niños"

Por

Michelle Hawkins

Versión 1.1 - Septiembre 2020

Publicado por Michelle Hawkins en KDP

Los colibríes no le temen a la gente.

Los colibríes son el ave más pequeña que migra.

Los Colibríes Femeninos son más grandes que los machos.

El nombre Colibrí proviene del zumbido de sus alas.

Los colibríes pueden volar hacia arriba, hacia abajo, hacia atrás, hacia los lados y boca abajo.

Los pies del colibrí son diminutos para que puedan volar más rápido.

Los colibríes no saltan ni caminan.

Los colibríes miman de 3 a 5 pulgadas de largo.

La mayoría de los colibríes pesan menos que una cucharadita de azúcar.

Los colibríes pesan menos que un Nickle.

**Los colibríes son conocidos
como la 'joya voladora'.**

**Los colibríes no se aparean de
por vida.**

**Los colibríes sólo ponen dos
huevos en el nido.**

**Los Colibríes Bebés son del
tamaño de un centavo.**

La frecuencia cardíaca del colibrí es de más de 250 latidos por minuto en reposo.

Un Colibrí promedio tiene más de 900 plumas.

La vida útil de un Colibrí es de entre 2 y 5 años.

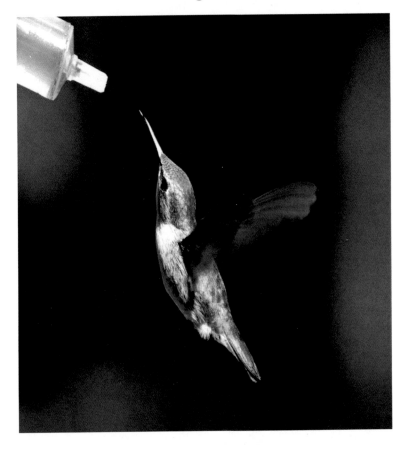

Hay más de 300 tipos diferentes de Colibríes en el mundo.

Los colibríes pueden oír mejor que algunos humanos.

Los colibríes no tienen olor, pero tienen una excelente vista.

Los colibríes tienen el metabolismo más alto de todos los animales.

Los colibríes pueden cambiar su color de pluma en vuelo.

Algunos Colibríes pueden volar más de 30 millas por hora.

Los colibríes pertenecen a la familia Trochilidae.

Al volar, sus latidos pueden golpear hasta 1200 veces por minuto.

Cuando los Colibríes duermen, entran en un modo de hibernación para ahorrar energía.

Los colibríes se sienten atraídos por los colores brillantes, principalmente el rojo.

Los colibríes son el ave más agresiva. Atacarán a los Azulejos y Halcones.

Los colibríes anidarán en árboles caducifolios o coníferas.

Los Colibríes Femeninos son responsables de la construcción del nido.

Al beber Néctar, los Colibríes pueden gustar de 10 a 15 veces por segundo.

Los colibríes comen de 5 a 8 veces por hora.

Un grupo de Colibríes se llama un 'encanto'.

Los colibríes pueden ver más allá de lo que los humanos pueden.

Los colibríes anidan son aproximadamente la mitad del tamaño de una cáscara de nuez.

Los colibríes anidan se entretejen junto con la seda de araña.

Los huevos de colibrí tardan dos semanas en eclosionar.

Los Colibríes Bebés dejarán el nido en unas tres semanas.

Los colibríes buscan comida entre 1.000 y 2.000 flores por día.

Los colibríes pueden reconocer las flores que ya han visitado.

Cuando Colibrí bucea, pueden alcanzar hasta 60 millas por hora.

El vuelo de colibríes también se llama "vuelo en helicóptero".

Los pies del colibrí son débiles, por lo que sólo los usan para posarse.

Los colibríes tienen el cerebro más grande del mundo a su tamaño.

Los colibríes pueden volar bajo la lluvia.

Los colibríes se bañan varias veces al día.

Los colibríes son una de las aves más inteligentes.

Los colibríes solo se encuentran desde Alaska hasta Chile.

Los colibríes sólo migran durante el día para que puedan encontrar comida y descansar por la noche.

Los colibríes migrarán de julio a agosto.

Los colibríes pueden viajar hasta 23 millas por día.

Los colibríes no cantan; chirrien.

Un Colibrí respira 20 veces más rápido que un humano.

Los colibríes tienen pelos en la lengua para ayudar con el néctar.

Los colibríes beben la mitad de su peso en agua azucarera todos los días.

**Los colibríes comen néctar,
savia de árbol, el jugo de frutas,
pequeños insectos y arañas.**

**Los colibríes tienen la
temperatura corporal más alta
de todas las aves a 107 °F.**

Los Colibríes Hembras robarán materiales de nido de arañas y orugas.

Los huevos de colibrí son del tamaño de una jalea.

A los colibríes les gustan las plantas de colores porque las abejas no ven bien el color.

Los colibríes pueden ver la luz ultravioleta.

Al flotar, las alas de Colibrí pueden batir de 720 a 5400 veces por minuto.

El metabolismo del colibrí es 100 veces más rápido que un elefante.

25% de su peso está en sus músculos pectorales (pecho).

Los colibríes no chupan néctar, sino que les gusta con sus lenguas.

Las lenguas de los colibríes tienen la forma de una W.

Los colibríes migran por su cuenta, no en bandadas.

A los colibríes les gustan más las flores tubulares.

Los colibríes pueden saber cuándo una flor refrescará el néctar.

Otros libros de Michelle Hawkins

Datos divertidos de la serie sobre las aves para los niños.

Datos divertidos sobre Robin

Datos divertidos en Dove

Datos divertidos sobre Blue Bird

Datos divertidos sobre el pájaro negro

Datos divertidos sobre Blue Jay

Datos divertidos sobre colibrí

Datos divertidos sobre el pájaro carpintero

Hechos divertidos sobre Cardinal

Datos divertidos sobre el gorrión

Datos divertidos sobre Eagle

Made in the USA
Monee, IL
22 January 2024

52189954R00021

ISBN 9798689225043